我的 ALLA gäR iväg
眼淚果醬

艾娃·林斯特Eva Lindström 著　　陳靜芳 譯

我的眼淚果醬

Alla går iväg

作者：艾娃・林斯特 Eva Lindström／譯者：陳靜芳／封面設計、美術編排：翁秋燕／責任編輯：汪郁潔／國際版權：吳玲緯、楊靜／
行銷：闕志勳、吳宇軒、余一霞／業務：李再星、李振東、陳美燕／總編輯：巫維珍／編輯總監：劉麗真／事業群總經理：謝至平／
發行人：何飛鵬／出版：小麥田出版／台北市南港區昆陽街16號4樓／電話：886-2-25000888　傳真：886-2-2500-1951／發行：英屬蓋
曼群島商家庭傳媒股份有限公司城邦分公司／台北市南港區昆陽街16號8樓／客服專線：02-25007718；25007719／24小時傳真專線：
02-25001990；25001991／服務時間：週一至週五上午09:30-12:00；下午13:30-17:00／劃撥帳號：19863813　戶名：書虫股份有限公司
／讀者服務信箱：service@readingclub.com.tw／城邦網址：http://www.cite.com.tw／香港發行所：城邦（香港）出版集團有限公司／香
港九龍九龍城土瓜灣道86號順聯工業大廈6樓A室／電話：852-25086231／傳真：852-25789337／電子信箱：hkcite@biznetvigator.com／
馬新發行所：城邦(馬新)出版集團 Cite (M) Sdn Bhd. 41, Jalan Radin Anum, Bandar Baru Sri Petaling, 57000 Kuala Lumpur, Malaysia.／電
話：603-9056 3833／傳真：603-9057 6622／讀者服務信箱：services@cite.my／麥田部落格：http://ryefield.pixnet.net／印刷：漾格科技
股份有限公司／初版：2024年4月／售價：380元／ISBN：978-626-7281-75-8／EISBN：9786267281741（EPUB）／版權所有・翻印必
究／本書若有缺頁、破損、裝訂錯誤，請寄回更換。

Alla går iväg

© Eva Lindström, 2015

This Edition published by arrangement with
Alfabeta Bokförlag through B.K. Agency Ltd.

Complex Chinese translation copyright © 2024 by Rye Field Publications,
a division of Cite Publishing Ltd.

All Rights Reserved

我的眼淚果醬/艾娃.林斯特(Eva Lindström)作；陳靜
芳譯. -- 初版. -- 臺北市：小麥田出版：英屬蓋曼群島
商家庭傳媒股份有限公司城邦分公司發行, 2024.04
面；　公分. -- (小麥田繪本館；)
譯自：Alla går iväg

ISBN 978-626-7281-75-8(精裝)

881.3599　　　　　　　　　　　　　　113000862

大家都走開了，就是這樣。

而法蘭克孤零零的。

法蘭克孤零零的，
可是蒂蒂、小比和米蘭
玩得很開心。

他們又待在那裡，
到底有什麼好玩？

每次都是這樣，
每次都是。

可是現在呢？

法蘭克要去哪兒？

他回到家，
低頭朝著鍋子一直哭。

他倒入大約四百公克的糖，
攪拌均勻，然後煮沸。
要煮一個小時，或是更久，
可能兩個小時，或三個小時。
由他自己決定。

他不時攪拌，
煮到太濃稠的時候，
他又哭了一些眼淚進去。
不能煮得太濃，
可是也不能煮得太稀。

這時候鍋子要放涼，而且要打開窗戶。
或許門也要打開？
最好通通風，因為現在淚水都煮熟了。
等到整鍋放涼，要倒進玻璃罐裡。

這時呢，幾乎就像平常一樣。

沒多久，法蘭克
將這裡一一打點好。
他擺好餐具，
煮了茶，還烤了麵包。

他問：「你們要喝茶
配果醬三明治嗎？」
「是喔。」
「要喔。」
「好喔。」
他們好像要呢。

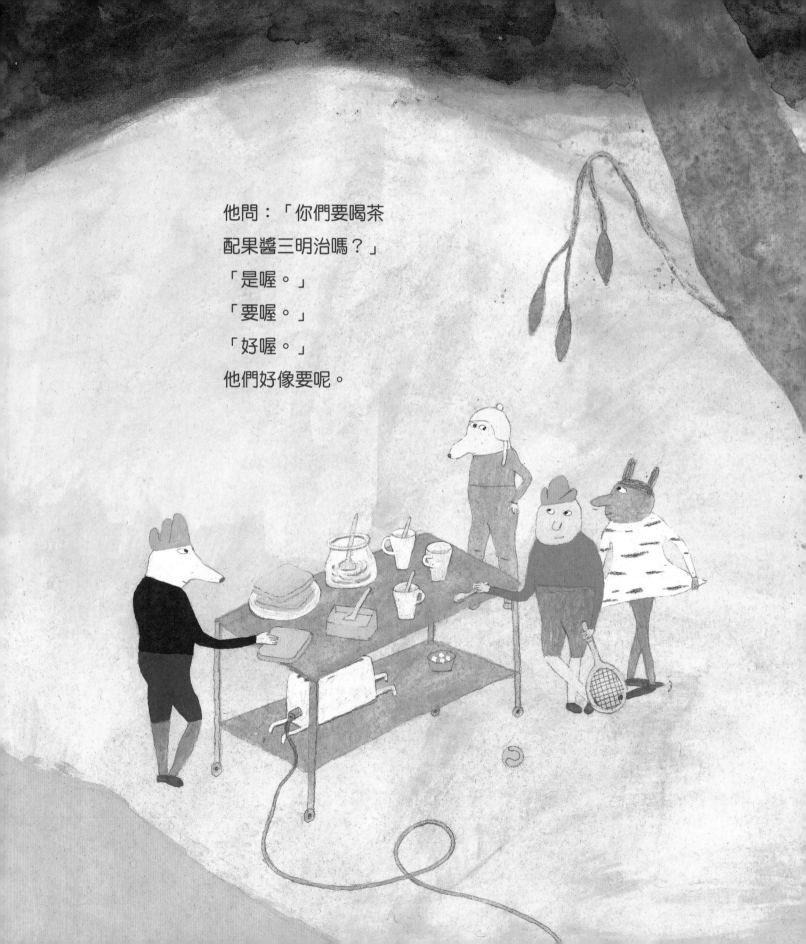